非殺人小說

Not A Murder Story

by T. H. Lee

李桐豪

rary Forest 183
殺人小說

者　李桐豪
設計　陳思安
插畫　達姆
設計　詹修蘋
版　立全排版
編　詹修蘋
企劃　黃蕾玲、陳彥廷
負責　李家騏
編輯　梁心愉

人：葉美瑤
：新經典圖文傳播有限公司
：10045臺北市中正區重慶南路一段五七號十一樓之四
：886-2-2331-1830　傳真：886-2-2331-1831
服務信箱：thinkingdomtw@gmail.com

銷：高寶書版集團
：11493臺北市內湖區洲子街八八號三樓
：886-2-2799-2788　傳真：886-2-2799-0909
總經銷：時報文化出版企業股份有限公司
：桃園市龜山區萬壽路二段三五一號
：886-2-2306-6842　傳真：886-2-2304-9301

版一刷　二〇二四年一月八日
價　新台幣四三〇元

國家圖書館出版品預行編目(CIP)資料

非殺人小說/李桐豪著. -- 初版.
-- 臺北市：新經典圖文傳播有限公司, 2024.01
112面; 10.5*14.8公分. -- (Literary forest ; 183)
ISBN 978-626-7421-01-7(平裝)

863.57　112021383

目次

星期四，猴子去考試 5
星期五，猴子去跳舞 19
星期六，猴子去斗六 33
星期七，猴子刷油漆 43
星期一，猴子穿新衣 47

特別收錄
【Drive My Car】孫梓評╳李桐豪的路上對談 61

Thursday

星期四，猴子去考試

張先生向來循規蹈矩，人生中最大的罪過不過是在圖書館借來的書畫線寫字，然而下班在自家公寓大樓門口看見警車，心臟還是猛烈地跳動起來。

警車車頂警燈閃爍，左紅右藍。在出版社當編輯的張先生想起以前編過一本科普書，知道藍紅雙色是冷暖兩色系的原色，如此鮮明對比更能引人注意。那些對生活一點實質幫助也沒有的冷知識，張先生總是記得比誰都清楚。

張先生走進中庭瞧見人群簇擁著一名警察。「張先生，你們那個五樓之一的空姐出事了，凶殺，怪可怕的。」二樓的洪太太看見他，憂心忡忡地說，咧著嘴，面頰肌肉隱約地抖動，像一種笑意。

「張先生嗎？」那警察將頭轉向他，問他是否認識五樓之一的蘇小姐，星期三淩晨一點是否在家、是否聽見有人爭吵、看見可疑的人進出？群眾目光全都轉到他這邊來了，張先生低下頭，怪不好意思的。「不算認識吧，就是在電梯碰上會點個頭。」「是的，我在，可我睡了，並沒有聽見什麼。」

張先生有問有答，回話的時候腦中卻浮現出蘇小姐的臉。

一回下班回家他鑽出捷運站不巧碰上一場雨，他撐傘站路口等紅綠燈，一名女孩靠到傘的邊緣來，他轉頭發現是蘇小姐，他們如同在電梯相遇那樣略略點頭。

「好端端的，就下起雨來了。」女孩說。

「欸。」張先生搭腔。

兩人挨在傘下，靜待綠燈轉亮。他暗暗將傘挪過去，肩膀暴露在黏答答的雨水中。綠燈亮了，蘇小姐側過頭對他說謝謝，然後用手掌護住額頭，疾疾奔走起來，張先生見狀便大踏步向前與她並肩。

「哎呀，不用了，」蘇小姐笑說：「雨不大，馬上就到了。」蘇小姐額頭、頭髮全是雨水，語畢，又鑽進雨中。

張先生手上的傘撐著不是、不撐也不是，索性收起來，亦步亦趨陪她淋了一路的雨。

蘇小姐腳踩一雙長筒及膝的紅雨靴，張先生注意到她似乎很愛那雙靴子。在另外一個晴朗日子裡他與張太太在電梯遇見她，牛仔褲、棉格子襯衫和那雙紅雨靴。他背地裡與張太太議論這女的大熱天也穿雨靴，真怪。張太太笑出聲來，「那是威靈頓靴，一雙要四、五千塊，戴安娜王妃、林青霞、凱特·摩絲都穿的，什麼雨靴?!你太可笑了。」

張先生心不在焉地想著往事，悄悄地退出人群，開信箱取信。走到電梯門口，眼看電梯門正要闔上，併步上前按了開關鑽進去。裡頭站著住三樓的王太太和四歲的男孩融融，還有住四樓的老婦人，抿著嘴像埃及獅身人面像般嚴厲，身後的印傭懷抱紅色貴賓犬。他低頭說聲不好意思，見門闔上了，又徐徐敞開，一個穿西裝的中年男子站在門口，那是四樓的另一個住戶。那人愣了一下，然後說：「喔，你們先上去好了。」

電梯門闔上。「媽媽、媽媽，那個叔叔最討厭狗了。」融融說。王太太摸著融融的頭要他不要亂說。

「真的啦，」融融不甘寂寞地唸起童謠：「星期一猴子穿新衣，星期二猴子肚子餓，星期三猴子去爬山，星期四猴子去考試……」融融抬起頭對王太太說：「媽媽，媽媽，今天猴子要考試啦。」

今天星期四。

張先生來到家門口，見對門已拉起黃色封鎖線。他掏鑰匙開門進屋，第一件事即打開電視轉新聞台，他轉身擱下鑰匙和公事包，脱襯衫西裝褲換運動短褲，「新北市板橋區前晚發生一起離奇死亡案件，一名三十歲的蘇姓空姐今早被發現陳屍家中，背部、胸前有多處刀傷。鑑識人員表示，蘇女橫躺在大門邊，然而令人費解的是餐桌擺著鮮花、燭台和紅酒，並無打鬥的跡象，且大門門鏈鎖上，形成推理小說那樣的密室，究竟是他殺還是自殺，有待警方進一步釐清。據了解蘇姓空姐一個人自住，家人多在國外，只有一個妹妹住在新竹。因為週三出勤未到，公司聯絡空姐妹妹，妹妹來到空姐住處，發現大門反鎖，找了鎖匠鉸斷門鏈，才發現死者躺在血泊中，研判死亡時間約週三凌晨一點到兩點左右……」張先生聽著新聞，腦中冒出一段鋼琴旋律，那旋律相當熟悉，但他再怎麼努力也想不起來那是什麼。

他帶著那段鋼琴旋律打開了冰箱，一個個樂扣保鮮盒堆疊在一塊，全出自張太太的手筆。張太太在報社當編輯，下午三點鐘到公司。她中午煮好飯菜約莫兩點鐘出門，回家大約是半夜十二點，因就寢、起床時間不同，和張先生分房睡覺。作息不同的兩個人基本上在一個屋簷下各過各的生活。

張先生獨自吃飯洗碗看電視倒垃圾，日子和其他的日子相較沒什麼兩樣，可今天不同，今天他家隔壁死了一個人。他躺在沙發上，一邊讀《郵政法考前猜題》，一邊在各節的整點新聞溫習懸案的種種細節。

半夜十二點張太太回家，他對張太太說隔壁那個空姐死了。

張太太說她知道，她晚上還處理到這個版面。她說張先生出門沒多久，電視台記者、警察全來了。張太太說著說著便岔開話題，說她星期六放假要回斗六一趟，她外公失智愈來愈嚴重，連舅舅也不認得了。她星期五一下班就搭夜車回去，星期日上午從斗六回來就直接進報社上班。張先生問是否要陪著回去，她說不用。她走進浴室盥洗，然後隔著門呼喊：「過一陣子再去跟房東殺價，先前姿態擺這樣高，現在好了，房子旁死了個人，沒準還能多砍一成。」

張先生與她道過晚安然後回房。他躺在床上，可是一點也睡不著，如同喝了咖啡那樣亢奮，太陽穴隱約有什麼跳動著。時間也許過了一個小時，也許還要更久，他懶得看錶，並不知道。他起身到廚房喝水，張太太看完電視早已回房入睡。家裡一片安靜，冰箱壓縮機嗡嗡作響。樓上住戶似乎有人剛洗過澡，天花板上嘩啦啦的水聲沿著排水管往下竄。他腦海中突然又冒出那段旋律。

蕭邦。《夜曲》第九號第二首。

他想起來了，蘇小姐被殺的那天晚上，他聽見牆壁對面傳來蕭邦的《夜曲》。新聞中一個一個的關鍵字如琴聲一樣迸出來：紅酒。刀傷。門鏈。他們兩戶人家空間格局是一樣的，客廳挨著客廳，浴室貼著浴室，生活像鏡子一樣清楚地對映著。黑鍵。白鍵。黑鍵。白鍵。他閉上眼睛，在黑暗中看見那個女人端著紅酒杯以行板的速度在屋裡走動，她在悠揚而恬靜的旋律中被刺了好幾刀，每個音符都沾滿了鮮血。

張先生悄悄地走到門口，掛上門鏈，便製造了一個密室。「刀傷穿過肋骨，直達心臟冠狀動脈，大量出血壓破心臟，引起心包膜填塞……」他想起新聞報導中的內容，那多像是推理小說中常見的字句，而如今他也活在一本殺人小說裡了。

Friday

星期五，猴子去跳舞

張先生整夜沒睡好，但隔日仍精神奕奕地到出版社去。早上九點半他準時進公司，在自己的位子坐下，扭開檯燈就是一個漫漫長日。聯絡作者確認進度、填印版單、跟國家圖書館申請ISBN、叫紙……繁瑣的庶務日復一日，但今天有些小小的變動。他快快地把手邊的事做完，利用空檔悉心地閱讀空姐凶殺案的網路新聞。訊息鋪天蓋地而來，空姐的三圍、情史、部落格，上過綜藝節目素人正妹卸妝的YouTube都被起了底，簡直跟抄家一樣。張先生心想，人在斷氣中結束生命，可在殺人小說裡，故事卻在人死之後才開始。報紙說警方調閱大樓電梯、前後門和停車場監視器錄影帶，發現並無可疑人士進出，若非自殺就是大樓內住戶所為。換言之，那是密室殺人，雙重的密室。

他打開Word檔，在電腦上打上了幾個字。

一樓：管理員先生。

二樓：洪太太一家人；二樓之一：一對gay couple？

三樓：王太太、融融一家人；三樓之一：？

四樓：怕狗的男人；四樓之一：楊老太太和她的印傭。

五樓：張先生張太太；五樓之一：蘇小姐。

六樓、六樓之一：？

七樓：攝影師；七樓之一：？

八樓、八樓之一：？

電腦上的問號是其實他也不知道這些鄰居是誰。鄰人的臉都像英文生字，看上去既眼熟又陌生，期期艾艾唸不出來。他坐在辦公室椅子向後滑開，凝視著電腦，嫌犯就在這名單當中了。他看著這份名單，非常雀躍，彷彿那些字句可以組成一篇小說。他腦海出現了一個句子：「張先生向來循規蹈矩，人生之中最大的罪過不過是在圖書館借來的書上畫線，然而下班回家在自家公寓大樓門口看見警車，心臟還是猛烈地跳動起來……」

年輕時創作的熱情又回來了。

張先生年輕的時候寫過一些小說，在ＢＢＳ亦好發尖銳文學意見與人筆戰，但張先生後來發現自己資質不過平庸，文字魔力又沒有強大到足以掩飾人生經驗的匱乏，不過認清這一點也沒有什麼壞處，至少不用在文學獎季節開獎時忍受一遍又一遍的失望。而他也犯不著因為讀懂幾本羅蘭．巴特、米蘭．昆德拉，就必須追求與鄰居那一班三姑六婆不同的價值觀。

此時此刻他非常亢奮，他從椅子上站起來，走了幾步又坐下來。連女主角的性格、個性都是現成的，擺在那兒等著他去抄襲。他點進了她的部落格，首頁是她在一盤義大利麵前支頤微笑。網頁文章大多描述她在國外買來的包包、香水戰利品，也開放代購。

她在自我介紹的欄位上寫著：「一百分的男人難找，不如找十個十分的湊齊一百分，套句松嶋菜菜子在《大和拜金女》的話：接吻只有兩種，一種是和有錢人的接吻，另一種是和窮人的接吻。沒有錢的男人，管他是死是活，我都當他不存在。我的人生不是餐廳、客廳就是咖啡廳。姊妹們，一起享樂吧。」

空姐的部落格就叫做「三廳電影」。

美麗、拜金，這女人完全符合推理小說的刻板想像，臉上根本就寫著屍體或者凶手兩個字。張先生心想如果這女人落在阿嘉莎．克莉絲蒂手上，她會怎麼死？如果是瑞蒙．錢德勒，他又會如何透過菲利普．馬羅的嘴，奚落這一切？說說宮部美幸吧，這個日本大嬸應該會對這一切有更溫暖的解釋。

張先生想到一個節骨眼上卡住了，起身上廁所，看見社長先他一步走了進去，於是調頭走往茶水間，裡頭有嘩啦啦的笑聲，幾名編偶像寫真集減肥書的同事躲在裡面像在講什麼八卦，看見他進來，噤了聲，張先生倒了一杯茶離開，然後聽見背後炸起嘩啦啦的笑聲。

這些年紀小他近一輪的同事沒有排擠他的意思，他們只是與張先生不搭嘎。張先生並非食古不化的人，他用臉書，也會對朋友轉貼賭爛時局的文章按讚。他甚至知道綜藝節目上那些長得像路人、歌聲卻無比嘹亮的人是出自哪個歌唱節目、哪一屆的。然而他比較像是海外僑民，隔海接收故鄉的一切。他們是另外一國的，已婚者之國。可是張太太肌腺瘤難受孕，婚姻八年沒有小孩，與社長、總編們那些繞著孩子打轉的婚姻生活又不盡相同，他們比較像新移民，被陌生的風俗包圍，所到之處都是他鄉異國。

下午六點半下班時間一到，辦公室的同事有人相約看電影，有人要去跳佛朗明哥舞，也有人吆喝著去吃麻辣火鍋。有人客套地問他去不去，他笑笑搖著頭，孤立於所有飯局、派對、約會之外，晚上七點鐘準時回家。

上樓前開信箱，電話水費帳單、大潤發折價印花、寵物旅館的傳單、燙金雪銅紙的春夏女裝型錄。扁薄寒酸的帳單是他的，華麗厚重的服裝型錄是蘇小姐的。他住五樓，蘇小姐是五樓之一，鄰居的信件總是投到他的信箱來。

他握著百貨公司VIP之夜封館派對手冊，護照尺寸大小，刷刷翻過，香奈兒羽毛珠寶腕錶、LOEWE限量鱷魚皮手袋、CHAUMET藍寶冠冕，種種奢華物件在紙面上發光，請帖上藤蔓一樣捲曲的英文，如某個異國簽證上的字體，允諾一個他們無法企及的遠方。

來到電梯門口，一名白衣黑裙的高中女生站在那兒，津津有味地啃著一顆蘋果，張先生不動聲色地盯著那蘋果上的齒痕和唾沫。兩個穿著同樣款式背心短褲的短髮男子牽著一隻柴犬從外頭走進來，張先生彷彿幹了什麼壞事被看穿一樣，心虛地避開這些人，走樓梯回家。

他一階一階往上爬，大樓裡每一家門戶都長一個樣，然而樓梯間洩漏的遠比自己想像的還要多：二樓洪太太家門口鞋櫃胡亂地塞著花花綠綠的女鞋，男鞋就是那麼一千零一雙，乾癟癟、灰撲撲的阿瘦皮鞋。二樓另一戶住戶則是剛剛看見兩名牽狗的男子，那門口自端午節掛上去的艾草並未取下，每天晚上最誘人的飯菜香總是由這戶人家傳出來。

三樓樓梯間停著一輛兒童三輪車應當是王太太家小朋友的，一個燒金桶似乎是這一、兩日新擺上的，之前沒見過。四樓老太太的印傭偷偷跑到三樓來，坐在階梯上窸窸窣窣用他聽不懂的語言講手機，哀戚聲調彷彿在抱怨著什麼。

四樓另一戶怕狗的男人屋內電視開得很大聲，像在收看《航海王》一樣的卡通，嘩啦嘩啦的笑聲當中，隱約有人爭吵：「你講道理一點好嗎?!」一個女人的聲音這樣說，卡通人物格鬥的吆喝聲蓋過了男人的回答。張先生在半夜偶爾聽見這對男女自樓下傳來的爭執。兩人感情似乎很差，但張先生每天早上又會看見這對男女一起出門，女的瘦瘦小小的，但總能輕易地挪開擋住自己去路的重型機車，女的騎機車載男的出門，這男的不但怕狗，還不會騎機車。

他們公寓和所有的公寓沒有兩樣，這些夫妻和其他的夫妻也沒有什麼兩樣，但現在死了一個人，每個人都有嫌疑。身處在一本殺人小說，他必須精確地繞過真相，胡亂地揣測幾個人，消耗多餘的篇幅。

Saturday

星期六，猴子去斗六

星期六張太太一早就去了斗六，張先生睡到十點鐘起床，到樓下閱覽室看報。他巡視一遍閱覽室書架上的刊物，《漢聲小百科》、《公寓導遊》、《奧修傳記》、《地獄遊記》……他印象中這架子上似乎有克莉絲蒂的《東方快車謀殺案》和《羅傑．艾克洛命案》，突然就不見了。四歲的融融坐在沙發上安靜地畫畫，王太太、洪太太併幾個鄰居聚在那邊議論命案的最新進度。

一群女人誇洪太太昨天出現在電視新聞裡很上鏡。「呵呵，」洪太太自覺地摸摸自己的頭髮，說：「根本是老太婆啦。」張先生一邊看報紙，一邊竊聽著這些女人的對話，他有一種錯覺，好像死了一個人，讓大家的感情都熱絡起來。空氣中瀰漫一種節慶的氣味，眾人義憤填膺地講蘇小姐的點點滴滴。她們無私地分享蘇小姐的每一則八卦，言談中有抓姦的憤慨，但也間接得到了通姦的快樂。

張先生岔出心神聽著，突然有人拉拉他的袖子，他回過頭，融融仰著頭看著他。「叔叔給你，」融融把畫畫遞給他：「張阿姨，我畫的。」張先生訝異地說謝謝，接過畫一看，血液倏地衝上腦門，學生頭、黑鏡框，那是他太太的模樣沒錯，可那雙蘇小姐的紅雨靴卻穿在他太太的腳上。他的耳朵一陣熱辣，全是轟轟然的耳鳴。這是怎麼一回事呢？他接過畫，點頭告退上樓。一進門蹲下打開鞋櫃沒找到那雙鞋子，旋即又到張太太房間打開衣櫃，薰衣草香氣撲鼻而來，櫃子上頭擱著幾個紙袋，他打開其中一只，就看見那雙威靈頓紅靴。

那鞋、那衣櫃裡的東西他全不認得：乾洗過後套著塑膠套的大衣、喊不出名堂的布綢絲棉，他全沒看張太太穿過。拉開抽屜，看著那些疊得整整齊齊的內褲，棉質的、蕾絲的，那感覺異樣又熟悉，感覺上回在床上折騰已經是很遙遠的往事。結婚八年，性變得像倒車入庫那樣理所當然和無趣。他帶著懷念的心情把內褲攤在床上，掌心感受那柔柔的觸感，突然間一股熱意自胯下傳來，一顆一顆的。

他溫柔地剝除女孩的內褲如同剝一瓣柚子乳白色的薄膜，掰開了就是滿手的汁水淋漓和晶瑩的果肉。

全都回來了，年少時的荒唐回憶，以及生猛的性慾。

柚子有時是研究所同學，有時候是大學部學妹，那時他念碩二，周旋在不同的女孩之間。他有個自大二就在一起的女友，有一天在圖書館讀書的時候，他發現大學部的學妹把圖書館借書清單夾在他的字典裡，《我坐在琵卓河畔，哭泣》、《在德黑蘭讀羅莉塔》、《想說就會說的表達力》、《你的桶子有多滿》。最初不明就裡，可他後來把書名首字連結起來，「我在想你」，一切就有了意義。

此後，他輪流帶著女孩們去雜誌上介紹的餐廳吃飯，在蔡健雅、孫燕姿的MV場景擁抱和接吻，年輕人的道德觀跟交通規則一樣，隨時都可以打破。三個人戀情持續到他當兵，學妹跑去女友面前謊稱她懷孕了，用計逼退了女友。但他知道了也沒多說什麼，只是緊緊抱著學妹，揉著她的頭髮說她怎麼這麼傻。那時候，人生多美好，前程遠大，一個晚上好幾次。可現在回想起來，那已經是他人生的巔峰了。

他預計當完兵去英國讀書，退伍後申請學校的空檔有個出版社找他去上班，第一年操盤的書就得了獎，整個人志得意滿。第二年因母喪沖喜，他很快就和學妹結婚，出國的事也就給耽擱下來。家裡本來給他預備了買房子的頭期款，可父親經商失利，所有的錢都填上，他和學妹在外面租房子，兩人生活以存錢為最高目標。他們不到外面吃飯、不看首輪電影，也不在家宴客。學妹變成張太太，突然什麼都有了算計。婚前她早上會貼心地幫他擠好牙膏，婚後她開始指責他牙膏總是從中間擠。他用完廁所總是不隨手關燈、洗衣服的時候洗衣粉倒太多、冰箱的剩菜沒用保鮮膜包好，他們在日常的細節中爭執，在爭執中改變。

他開始困惑，婚前兩個人各賺各的，生活很有餘裕，何以結婚了兩份薪水反倒不夠用？

後來，張太太到報社工作，兩人錯開作息，一天說不上幾句話。偶爾碰上在家一起看DVD，兩個人窩在一張沙發上，以往如同兩支湯匙完美地疊一整夜也不覺得累，但如今擁抱著，他僅能聽見衣服與衣服的摩擦，骨骼與骨骼的碰撞，那一聲歎息。

婚後他和別的女人上過床，有一年他到北京參加書展，酒店櫃台有電話打來問要不要叫小姐，說有個吉林來的像Jolin的女孩，很清純。他的道德、理智、身體的每一個毛細孔都在喊「不要」，可喉嚨吐出來的聲音卻是「好」。女孩上樓來了，哪裡像Jolin，那根本是《全民大悶鍋》裡戴假髮的九孔。張先生不懂拒絕，和那女人狼狽地接吻，零錢還從口袋滾落出來。嚴格說起來，那背叛其實短短一分鐘不到，他覺得沒什麼，那個妓女就併著擦拭過精液的衛生紙被丟到馬桶沖掉。他沒有任何情緒，只要他想隱瞞，就可以一輩子瞞下去。

他盯著那內褲，腦中萬念紛飛，如此一個敢愛敢恨的女孩被他愛得這樣平凡，愛成……一個嫌疑犯？他盯著紙袋，彷彿那是一盤填字遊戲，可以藉由紅鞋填滿妻子與殺人犯之間的空白格。

他的視線轉到牆壁上去，想起剛搬來這房子的那一天，那兩房一廳的房子空蕩蕩的，他和新婚的妻子商議著床要擺哪裡、書架要放哪裡，他與新婚的妻子在空屋中快樂地打轉，突然就勃起了。空房間讓他亢奮，他把妻子推到牆上狠狠地吻著。新漆的牆壁雪白如稿紙，彷彿可以寫下任何字，什麼都有可能，可是轉眼之間就剝落髒污了。

5F-1

Sunday

星期七，猴子刷油漆

隔日，張先生去買了刮刀滾桶油漆，帶著懷念的心情把客廳刷過一遍。其間有刑事大隊的人來問話，他意興闌珊地回答。刷白了一面牆就過了一天。深夜，張太太回家看了新漆的牆，愣了一下，但也沒多說什麼，她只是坐在沙發上稀哩呼嚕地吃著肉羹麵。張先生坐在沙發的另一頭看著他的妻子，突然心生一股衝動，想伸手將她攬過來，對她坦承那些餐桌上的緘默、那些無法四目相交的心虛，他想對她供出一切，甚至包含北京的那次買春，但他坐得太遠，手太短根本搆不著。「明天記得繳瓦斯費。」張太太吃完麵，洗澡，與他互道晚安，然後進房間。

他一個人在客廳。不開燈的房間，狹小如公車車廂，他是週日的末班公車唯一的乘客。

早上他上班，張太太還在睡覺，他與他的妻子似乎只剩下晚安可以說了。蕭邦的旋律又浮現腦海，他閃過了一個念頭：「他出門的時候，妻子真的在房間睡覺嗎？」黑鍵。白鍵。黑鍵。白鍵。視線穿過白牆，他看見相關人等鉸斷了門鏈，進了門，看到屍體，驚慌的驚慌，報案的報案，全亂成一團。以常理推斷，應該沒有人會在這個當下冷靜地將整個房子巡視過一遍吧。假使凶手本來就一直藏匿在房間裡呢？黑鍵。白鍵。黑鍵。白鍵。張太太在蕭邦的旋律中優雅地從蘇小姐的床底或衣櫃走出來，那混亂之中，一個好奇關心的鄰居出現在現場完全合情合理。

就這樣，張先生解開了密室的謎。他低下頭，心裡就有了盤算。

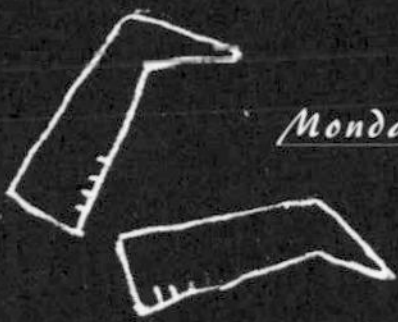

Monday

星期一，猴子穿新衣

星期一上午八點半，張先生離開家搭捷運去上班。到了辦公室那一站，他仍鎮定地坐在椅子上，他在車廂裡傳了簡訊進公司，說拉肚子不進去了。他在離電影城最近的車站下車，看了場早場電影，然後走進一家牛仔褲服飾店。

張先生婚後少買衣服，走進流行服飾店家，竟心生一種異樣的怯意。反摺褲、垮褲、AB褲……那些不同款式的名稱疏離得像是學術用語，他不知如何是好，只好指著海報上穿著帽T垮褲、眼歪嘴斜的陳冠希說：「給我一模一樣的衣服和褲子。」

他在更衣室換了衣服。褲子鬆垮垮的，褲頭如同土石流鬆動一路滑下，滑到離青春比較接近一點的位置，半截內褲都露出來了。他覺得很彆扭，又把褲頭往上提，提到中年人的位置。面對鏡子，帽T垮褲，他是穿嘻哈裝的菲利普．馬羅。

下午一點鐘，他穿著新衣服同到自家公寓對面的簡餐店，點了紅茶，盯著窗外漫不經心地翻雜誌。兩點鐘。蘇小姐從大樓走出來，墨鏡、格子衫牛仔褲、紅色威靈頓靴，喔，不，那不是蘇小姐，那是他太太。他快快結帳跟著出去，他低著頭盯著那紅靴子。紅靴子上了捷運，紅靴子下了捷運，紅靴子往報社相反的方向走去，來到了一家百貨公司。

張太太摘下墨鏡，在百貨公司門口，俯下身盯著玻璃櫥窗一雙麂皮涼鞋許久，然後優雅地走進了一家名牌服飾店。

他透過櫥窗望進去，均勻的光線灑滿整個空間，張太太在裡面如同逛美術館那樣緩緩地移動，旁邊亦步亦趨跟著西裝筆挺的俊美男孩，臉上掛著洗練的微笑，張太太在更衣室換了一件新洋裝走出來，她在鏡子面前比畫著，男孩不知在她耳邊說了什麼，張太太就笑了。她換下衣服交給男孩，走到櫃檯結了帳。

張太太拿著提袋走出了服飾店。他遠著距離低著頭盯著那紅靴子，紅靴子走進另一家珠寶店，不到十分鐘又走出來。紅靴子突然停下來。張太太一個轉身，他來不及躲避，視線就撞在一塊了。

兩個人都愣了一下。

「你在這幹嘛？」張太太問。

「你在這幹嘛？」張先生反問。

「買衣服。」她說今天是百貨公司的Family Sale，她請假來買衣服。她拷貝蘇小姐的穿著，拿著蘇小姐的邀請卡買打折品。

她變成蘇小姐，偷偷模仿另外一個女人的生活，那就是她的罪行。

「幹嘛這樣偷偷摸摸的？」張先生問。

她說：「沒有一個女人抄襲另外一個女人的穿著會想讓人知道，好嗎？」

他腦海閃過融融的童謠，他說：「星期一猴子穿新衣。」

張太太「蛤」一聲，問他說什麼。

他說：「你記得猴子的童謠吧，就是星期一猴子穿新衣那個。」

他們順勢在百貨公司中庭的音樂噴泉邊緣坐下，張太太把童謠唸了一遍：「星期一猴子穿新衣，星期二猴子肚子餓。星期三猴子去爬山。星期四猴子去考試。星期五猴子去跳舞。星期六猴子去斗六。星期七猴子刷油漆。星期八猴子吹喇叭。星期九猴子去喝酒。星期十猴子死翹翹。」

他說：「你不覺得這隻猴子很虛榮嗎？一個星期的開始就把錢都花在新衣服上，肚子餓，要考試了書也不好好念，前一天還去爬山，成天玩樂酗酒，然後就死掉了。」

「所以這是一隻虛榮的猴子，過勞死掉的故事？」張太太問。

他點點頭，回答：「所以這是一隻虛榮的猴子，過勞死掉的故事。」

張太太打了他一拳說：「你罵我猴子就是了。」張太太反問他何以穿得這樣怪模怪樣。他盯著玻璃窗內的菲利普．馬羅，說出了這幾天內心的百轉千迴。他說出了他的推理，說他誤以為張太太是凶手，除了北京買春的事，他什麼都說了。張太太聽完翻了一下白眼，罵他有病，但嘴巴掛著笑。

「那我行凶的動機是什麼？」張太太問。

他遲疑了一下，搔搔頭然後說：「殺了鄰居，讓公寓變成凶宅，然後讓房價下跌吧。」

「那是真的喔，我昨天在公司上網查了一下，凶宅真的比一般房價便宜兩成到五成唷。」張太太說。

一名推著嬰兒車的女人從他們面前走過，車裡探出一個狗頭，她說：「這年頭嬰兒車上面坐著的多半是狗。」張先生像是被這話螫到，身體抖了一下。「酷卡，那疊邀請卡，快，你帶出來沒有？裡面有張寵物旅館傳單，快，蘇小姐有養一隻狗對吧！」

張太太不解地從包包取出傳單，張先生按上面的電話打過去說自己是蘇小姐的朋友，詢問蘇小姐是否有把狗寄放在這？電話那頭答：「哎呀，我們看了新聞很傷心說，想說菲菲不知道要怎麼辦？她星期二傍晚把菲菲送過來，誰知晚上就出事了，多漂亮的一個女孩子……」張先生沒等對方說完就把電話掛了。

「她在被殺害的當晚把狗送去寵物旅館，」他拉高音量對張太太說：「可她在家和人喝酒，這不合理，唯一的解釋是與她喝酒的那個人怕狗。」所有的謎底已經揭曉，填字遊戲的空格已經填上，他幾乎是用喊的喊出那個名字——

怕狗的男人。

張先生說：「完全密室殺人是不可能的，殺人行凶掛上門鏈然後逃逸根本辦不到，但假使門鏈是被害者掛上的呢？假使凶手殺人根本沒有檢查被害者是否斷氣，然後慌張逃開，假使被害者最後一口氣不是用來求救，而是把門鏈掛上……」

張太太沒有搭腔，她豎起食指輕碰嘴唇要張先生閉嘴，起身走到一家甜甜圈店，那門外電視牆正轉到新聞台。張先生走向前，與太太並肩。他們看到怕狗的男人出現在電視上。

電視上的記者說自稱死者鄰居的周姓男子稍早到警局自首，坦承犯案。他與蘇小姐是大學時代的戀人，婚後搬到目前所住新家才發現蘇小姐是樓上鄰居，兩人再續前緣。他欲與妻子離婚和蘇姓被害人復合，可蘇小姐不肯，兩人爭執，他一時氣不過拿起水果刀刺傷蘇姓被害人。畫面一轉，怕狗的男人與警察回到自家公寓大樓重建犯罪現場，大批記者圍上，閃光燈此起彼落，怕狗的男人突然雙腿一軟掩面哭泣，說：「她說謊，她說她拜金，她是騙人的，她交男友只是不想讓我為難、有壓力，她在維護我，她到死都在維護我……」怕狗的男人發出了像狗一樣的哀嗚，被遺棄的小狗在深夜發出的那種哀嗚。

張太太轉過頭看著張先生，說：「你破案了，菲利普．

馬羅。」

時間還早，毫無同情心的兩個人一起逛書店和無印良品。他們在美食街吃了好吃的拉麵，甚至在湯姆熊逗留一會兒，玩了一回射擊遊戲。因為張先生今天是菲利普・馬羅，所以分數很高。

他們搭捷運回家，他望著對面車窗上他與妻子的身影，玩累了的蘇小姐依偎在菲利普・馬羅的肩膀睡著了，眼皮微微跳動，睡得很熟。如果在殺人小說裡，他希望小說在這個句子結束：「他們家隔壁死了一個人，他們從此過著快樂幸福的日子。」

快到家了，他遠遠看著停在家門口的警車正要開走。他沒來由地想起有一次小學遠足他睡過頭，父親騎機車載他到學校，可趕到校門口遊覽車已經開得遠遠的了。錯過了在動物園散步、錯過了參觀汽水工廠、錯過車上和同學分享零食打電動，想到自己已經錯過一個歡樂假期，他委屈地啜泣起來。父親甩了他一巴掌要他不許哭，於是他哭得更大聲了。

警車如遊覽車消失在路的盡頭，他想起往事，此時的心情大致如此。人生並非殺人小說，他的假期到底是結束了。

特別收錄

Drive My Car

孫梓評×李桐豪的路上對談

司機、提問人

孫梓評（簡稱「孫」）

一九七六年生於高雄。東華大學創作與英語文學研究所畢業。著有散文集《除以一》、《知影》；小說《男身》、《女館》；詩集《你不在那兒》、《善遞饅頭》等。

乘客、答題人

李桐豪（簡稱「李」）

復旦大學新聞學院畢業，《鏡週刊》人物組記者、經營「對我說髒話」與同名臉書粉絲專頁。著有《紅房子》、《不在場證明》、《絲路分手旅行》。

孫：出發之前，我本來擬了三個路線，打算等終於出書的李桐豪上車被拷問時，讓他ABC選一個。沒想到，出發前一天他敲我：「不然，我們去甕窯雞好了。」可惡，那是ABC路線的其中一條。於是我們就上路了。展開我人生有史以來最長逐字稿之旅。徹底實踐雞同鴨講的快樂。什麼是雞同鴨講呢？就是：「我們現在要去哪裡？」「宜蘭啊，你不是說要去甕窯雞。」「我說的是淡水那一間！」

（全劇終。）

（騙你的。）

1 走任何一條車道向右轉

孫：本來我們現在應該坐在咖啡館談心的，為什麼變成Drive My Car？

李：因為我就是一個任性的人啊。

孫：開車聊的好處是什麼？

李：你不覺得開車聊，才會講出比較真實的答案嗎？

孫：人在移動時比較真實？

李：我做採訪，都還不及在受訪者收東西時的閒聊，那往往會得到非常驚人的答案。

2 走水源快速道路，向右轉進入汀州路三段

李：出書就跟結婚一樣，要想你的賓客名單得邀請誰。

孫：所以，你做人很周到？

李：我就懂事長啊。

孫：你是一覺醒來變成懂事長？還是發生了什麼事？

李：到一定的坎站（khám-tsām），就不要對別人有虧欠，不要去傷害別人的情感。

孫：所以你並不是發生什麼天打雷劈的事才變成懂事長？是時間把你變成懂事長？

李：你不是嗎？都活到幾歲了，難道不知道什麼話可以講，什

麼話不能講，什麼話可能會對別人有傷害。

孫：我小學五年級就知道了。

李：所以你就是最好的包裝紙啊。

孫：你要我做這個採訪不可以有形容詞，為什麼？

李：我就是要逐字稿，ＱＡ，因為你就是會在裡面不斷加糖的那個人！

3 靠左繼續行駛汀州路三段

孫：現在要談一下旅行了嗎？

李：我們現在不就是在旅行嗎？壞天氣的旅行。

孫：我們應該不是那種很小就嚐到旅行滋味的人。

李：你小時候沒有去遠足嗎？

孫：有。那個對你來說是什麼？

李：你不會覺得很快樂嗎？

孫：我不會覺得很快樂欸。

李：為什麼？因為你很懂事，你要好好做人？還是你會覺得在遊覽車裡拿出去的零食，跟人家沒有辦法比。

孫：我沒有很享受我要搭遊覽車跟一團人出遊，而且老師還要叫我們在風景前面拍照。

李：還是會有一些什麼吧？跟你的日常是不一樣的。你離開你的教室。你被擺到規則之外。雖然會有討厭的大人在旁邊耳提面命。

孫：你有比較深刻的戶外教學印象嗎？

李：如果是低年級，台南就去高雄啊，高雄就去台南。去壽山動物園啊、高雄文化中心之類的。一、二年級好像沒有遠足？到中高年級，就會超過一百公里，去天元莊啊，看百斤大老鼠，去嘉義吳鳳廟看會算數的神牛。

孫：我發現，應該是因為你讀台南市的國小，好像有點城鄉差距欸。我們沒有安排到那麼遠、那麼好，我們還是在高雄的範圍。你們的安排比較像是都市小孩會有的規劃。

李：我來回答你的第一題，最早的旅遊經驗。小時候，放學要搭公車回家，我媽會給我五塊錢，那時好像是一、二年級吧。因為小朋友嘴巴都很饞，就會把那五塊錢拿去福利社買零食吃掉，然後就得走路回家。我大概要走四十分鐘，其實是兩條馬路，大概三、四公里，以小朋友的腳程來看，如果大人會更快。對我來講那就是最早的旅行，會有一些結伴的小學同學，有時也會一個人走。會經過很多魚塭，那時還沒開發那麼旺盛，甚至會在回家路上經過一整片荷花田。小朋友智商不是太好，會想說那個荷花是不是可以踩上去？結果就掉下去。

孫：掉進荷花池有人救你嗎？

李：那個荷花池在一戶人家的後門，他們在打麻將，剛好有人出來抽菸。

孫：你有回外婆家的經驗？

李：有啊，回外婆家或去姑姑家，也是另一種旅遊。我有個姑姑住高雄，是小學老師，姑丈在海關工作，他們買很多課外書給表哥表姊看，去那邊就有很多故事書可以看，很多寒暑假我去他們家過一個夏天或一個冬天。

孫：那是什麼情況？

李：最初當然是爸媽帶去親戚家，姑嫂妯娌在講話，我就坐在客廳的角落看很多書，後來我就跟爸媽說，我想要，去那邊，住在那裡。

孫：那是你最初閱讀的圖書館？

李：閱讀和旅行吧，兩件事可以放在一起。

4走右側車道下出口，往國道3號方向

孫：你什麼時候開始意識到異國，對它有憧憬？

李：與其說憧憬異國還不如說憧憬台北。青春期就是一個最殘酷最小型的現實，想要擺脫那個現實，唯一能做的就是離開那個環境。因為憧憬台北，所以要去朱天文筆下的地方、陳淑樺發專輯的城市，看看人間副刊會提到的那些事。

孫：那是十六、七歲時，心裡想的東西？

李：中南部的小孩應該都是這樣吧。

孫：我好像沒有那麼具體的人或事件的座標。

李：我也沒有啊，是你在亂問問題。

孫：那時對你來說，應該就是有個衝動，要去台北？

李：不想留在故鄉，尤其台南，是一個好沉悶的城市。

孫：跟不想留在京都的人一樣？

李：就像大學時讀到田納西．威廉斯的劇本，他筆下美國南方的青少年，他的自我認同完全是有問題的，他的原生家庭會讓他有巨大的窒息感受。

孫：所以想離開台南到台北的感覺慢慢在萌芽？

李：應該就是一個「去遠方」的想像吧。

5 接著走國道5號

孫：你第一次出國是去遊學？

李：去美國一年。他們是Quarter制，一年四個學季，中間空檔可以去旅行，我就搭灰狗巴士跑去紐約了，好像要搭三天三夜吧。那張車票只有終點站，沒有限制要怎麼搭，好像也沒有對號，從明尼蘇達到芝加哥，經過很多車站，憑著一點點地理常識，轉到底特律，再到費城，中間可能得在車站過夜，因為要等車。我們那時旅行，聽音樂的道具就是隨身聽，很像村上寫《海邊的卡夫卡》，唱片要選得很嚴格。我記得那時有陳珊妮《華盛頓砍倒櫻桃樹》、新寶島康樂隊〈一顆流星〉，聽那個歌時是一個夜車，底特律不知道往哪裡，一個山谷，看到遠方城市燈火輝煌。

孫：第一次搭飛機的感覺還記得嗎？

李：有嚴重的時差。我還記得在飛機上看的電影，那時還沒有個人機，每一段機艙有一個大螢幕，很多人看同一部電影，很像在大學視聽教室。去程看的是《愛在黎明破曉時》，還滿有旅行的氣氛，好像沒有中文字幕。

孫：初抵達美國感受到的一切，還有印象嗎？

李：應該是氣味。你到一個陌生國家，會先感受到那個氣味跟你經歷過的一切完全不一樣。

孫：在明尼蘇達的學校住宿舍嗎？

李：對，兩個人一間。那是九四或九五年。其實那時第一趟旅行是去加州。去了滿經典的行程，迪士尼、聖地牙哥、海洋公園，也在舊金山看了音樂劇《日落大道》。跟很多人一起結伴旅行很吃力，大家都是很好的人，但人和人一起難免有情緒的勞動，不見得是惡意。

孫：那時舊金山感覺如何？有特別覺得自由奔放嗎？

李：沒有欸。人在國外會很渴望讀到華文字，我那時只帶了《紅樓夢》。後來在舊金山唐人街找到中文書店，買了張愛玲短篇小說集。那是一個冬天的旅行，讀〈紅玫瑰與白玫瑰〉寫佟振保到巴黎，對那個城市有一些愁雲慘霧的記憶，吃很難吃的高麗菜捲，看著灰撲撲的街道，心裡OS

是，別人都以為我到了巴黎了。我太懂那種心情了！我在舊金山就是那種心情。

孫：後來還有去別的地方？

李：還去了佛羅里達。我那時在蒐集迪士尼樂園，所以去了佛羅里達的迪士尼，我的十九歲到二十歲的生日，就在一個太空山還是小飛象上面度過。金城武二十歲可以得到陳昇的一首歌，我就只能得到我自己。

孫：你一直到現在都還很喜歡樂園？

李：喜歡樂園應該代表是渴望同伴的吧？孤獨量表裡面的一個人搬家、住院，我都可以過關，但對我來講，一個人沒辦法做的事情就是去樂園。搭雲霄飛車的尖叫跟吶喊是要給同伴聽的。有次去韓國愛寶樂園出差，雲霄飛車號稱亞洲最驚險，出發前還要你把手錶拔掉。結果坐我隔壁的人就很鎮定，完全不叫。坐那個不就是要叫嗎?!那你來幹嘛！

孫：要搭很久嗎，那個雲霄飛車？

李：了不起也是三、五分鐘。雲霄飛車之所以是一件愉快的事情，是因為你知道那個苦難是會結束的，而且你知道你會死裡逃生，這個墜落一定會被承接住。所以我們要去宜蘭的哪裡？

6 頭城，沿北部濱海公路前往壯圍

孫：你旅行有沒有一定要做的事，或某種儀式感？

李：沒有欸。如果有一定要做的事情，不是把自己綁住了嗎？

孫：讓自己悠閒是最重要的？

李：沒有非得怎樣不可，這樣人生會比較輕鬆一點吧？

孫：所以你的旅行如果得到什麼，是會讓那趟旅行加分的？

李：不期不待，沒有傷害。

孫：有些人旅行是因為有離開的騷動，有些人是被曠世美景或美食或帥哥美女療癒。你都沒有？

李：應該是在陌生城市建立一種跟你原來生活一樣的節奏吧。

孫：這不容易。

李：比方說，第一個晚上就先去超市，對它的物價有一個基本了解，可樂多少錢、櫻桃多少錢、一盒冰淇淋多少錢。

孫：可樂是你衡量世界的幣值嗎？

李：至少會知道這城市是高貴或平價的，你高攀得起或配不上它。我想到我的儀式感了，如果我去日本就會去買洋芋片跟明治乳酸飲料。

孫：去巴拉望怎麼辦？

李：去巴拉望可以買小老闆海苔，去德國可以買HARIBO小熊軟糖啊。

孫：所以你有散落世界各地的情婦，你會在抵達的時候，把它們召喚出來。

李：一種小小的甜頭，總結來說就是食物吧。

孫：得到這個小甜頭就滿足了嗎？如果你是個人旅行，大概很難衡量得失。但如果是旅行記者，總要拍到一個大景或跨頁照，才能交差？

李：如果是旅遊記者，出門前還要找IG、找漂亮圖案、看明信片，你要把那個城市最漂亮的風景給拍下來——我發現如果出差自己帶著相機，跟有攝影同事一起去，寫出來的文章完全不一樣。如果我得自己拍、自己寫，文章會充滿很多視覺描寫，顏色、風景，更多形象的描述；如果有攝影記者，我的文章會比較往內探索，也許會更有心力描述城市的氣味、聲音，或是人與人之間的攻防互動。

孫：視覺就比較關閉了。

李：對啊。我私下旅行幾乎很少拍東西，或只拿手機聊備一格拍一下。

孫：當降低視覺，你感受異地的方式是什麼？

李：當一個好奇的人吧。旅行是少數可以讓你恢復好奇心的狀態。人在旅途中，感官一定比在熟悉的城市中更開放，那裡有你不懂的語言、你不懂的城市、你不懂的城市運行規則。所以旅行時你會是一個比較年輕的人，因為感官都打開了。

7 從廍後路向右轉，進入壯濱路一段，繼續走宜23鄉道

孫：你不會很嚮往一個人出發嗎？

李：會啊，如果我一個人旅行，就會嚮往有冒險感覺的。

孫：比方說哪裡？

李：我離開《壹週刊》給自己的畢業旅行，從泰國進龍坡邦沿湄公河逆流而上，到清邁。

孫：為什麼選那裡？

李：就覺得那是一個很棒的地方，我願意再去一次。我第一趟去是從泰國搭火車，陸路，到邊境下車，有接駁車，載你通關，行禮如儀把該辦的事情辦一辦。出了海關，有各式

各樣的三輪車，可以載你去想去的地方。寮國龍坡邦是一個依山傍水的山城，很多小乘佛教寺廟，又是法國殖民地，所以有許多小巧可愛的洋房。

孫：你會不會覺得，雖然你很怕熱，但人格特質的某一種核心，很像那個地方的人？

李：熱帶人？

孫：好像不是。

李：那你不覺得我像芬蘭人？

孫：為什麼？

李：很冷漠。

孫：我覺得你沒有。你不要製造假象。

李：芬蘭人不喜歡跟人社交。如果冬天都是永夜，可以不用出門，就在家裡。

孫：你會發瘋。

李：我一直喝酒就好了。

孫：想像自己需要那個處境，跟真正身在那個處境是不同的。

李：至少我願意想像，願意對那個想像付出努力，不覺得是一件好的事情嗎？現在的人連想像都懶了。

8 靠左繼續行駛光榮路

孫：你是一個會買紀念品的人嗎？

李：偶爾吧，一些古怪的T恤或有趣的香皂。

孫：不會惦念著要得到一個有形的存在？

李：一定要不占空間。紀念品是比體重更要小心控制的東西，就算只是一把梳子，那個背負感是非常明顯的。

孫：你去過那麼多地方，有沒有買過什麼是你真的很喜歡，也還在你現在的生活裡，帶給你樂趣的？

李：我在尼泊爾買過一個頌缽。那時去一個店，店家會問你的生日是幾月幾號，算出你的守護神是什麼神，所以你應該適合哪個頌缽。

孫：為什麼買頌缽？頌缽可不是一把梳子欸。

李：旅行總會有鬼迷心竅的時候啊。那個國度或那個市集的氣氛吧。不管你再怎麼清心寡慾，總有一個你對這城市意亂情迷，以為自己買了什麼東西就可以擁有它的妄念吧！

孫：所以，真正讓你意亂情迷的是尼泊爾！

李：應該是吧，穿越那種曲曲折折的巷弄，空氣裡都是奇異的香料味道，鑽到一個鋪子裡面去——

孫：那鋪子的說法又深得你心。

李：因為頌缽是拿來療癒的，透過聲波，類似按摩，擺弄你的身體。

孫：你有被擺弄嗎？

李：好像有喔。

孫：把頌缽千里迢迢帶回台灣後，你有好好玩弄它嗎？

李：就放遙控器，放水果啊。

孫：太哀傷了吧。那不是頌缽的功能。

李：對啊，它不再是一個唱歌的碗。

孫：瑜伽班同學幫我們做過頌缽按摩，真的很棒。

李：那都是一次性的——再怎麼熱烈的吻，後來你也會覺得索然無味。

孫：這是你的愛情觀？

李：這是宇宙的物理現象。

9 往北走純精路一段

孫：對你來說，旅行有同義詞嗎？

李：旅行不就是人生嗎？生活會遇到的事，旅途也都會遇到，壞天氣啊，交通不好啊。

孫：這樣為什麼還要去旅行？活著不已經是一趟旅行了？

李：旅行給你的安慰更直接啊。

10 進入礁溪鄉，經過礁溪包子、饅頭專賣店後向左轉

孫：你在《不在場證明》裡用推理小說的關鍵詞來包裝了這整

本書。「推理」這件事的樂趣是什麼？

李：人生很需要推理啊。考究一個政治人物講了什麼廢話，一個明星醜聞的時間點有沒有錯誤？人設崩壞，誰是凶手？我們活在一個推理語言的世界，只是不一定有人會死掉。

孫：並不是非要活成一本推理小說，但你覺得推理是日常就會發生的？

李：解謎，揣測，說謊。

孫：你是長期推理小說讀者？

李：我沒有資格說我是一個忠實的推理小說讀者，如果真正被某作家圈粉的推理小說愛好者，是可以講出一個系譜、風格流變、該小說作者在推理區塊中代表的位置。

孫：確實你的書中，有頗多篇是先有一個小說文本對當地的描述，你拿來做為抵達該地之後的對照，說起來，是一趟又一趟的文學旅行。

李：我直覺這樣是很好切入的點，我願意把它捏成這個樣子。人一定也是看自己籃子裡有多少菜，判斷可以炒出什麼料理。

孫：你完成每一個作品，是先把骨架都疊好了，才去長血肉？還是邊做邊摸索？

李：小說的話，我都是先想最後一個句子：那個謎語的答案。才回頭去創造開場，思考怎樣從開場走到結束。

11 沿國道5號和國道3號前往新北

孫：二〇二二年你除了《不在場證明》，也復刻了《絲路分手旅行》。你覺得，三十歲的你，會同意你修改的《絲路分手旅行》新版嗎？

李：我改《絲路分手旅行》書稿時，讀到最後一句，突然一陣鼻酸。

孫：因為？

李：我再也沒有辦法寫出那樣子的文章，再也沒有辦法用那麼多情感去愛一個人、恨一個人。很多事情原以為是那樣，事過境遷去看，根本不是自己以為的。只有離開，才能看清楚事情的原貌。我一直以為寫那本書是：「我不想要放過你」，但有沒有可能是：「我從沒有放下過你」？

孫：本來就是！所以我才一直跟你說，書腰上那句話，根本就是愛的宣言。

李：不是啊。

孫：那是愛的宣言。我讀第一次到每一次，都這樣相信。

李：那你一定談戀愛非常糟糕，都愛錯人。

孫：我小學五年級就是懂事長，所以我知道那個人為什麼會說出那樣一句話。

12往北走汽車路，瑞金公路，102縣道

孫：你寫了很多字，比我認識的許多寫作者來說更喜歡寫字，你說那些聲音在耳朵旁嗡嗡作響，逼著你寫出來。對你來說，寫字就只是消除雜音的方法嗎？

李：因為我又不會唱歌，又不會跳舞，如果鋼琴彈得像王力宏、籃球打得像陳建州，我應該就不會寫字了吧。就做那些可以受歡迎、可以賺很多錢的事情就好了。

孫：寫字是為了被愛？

李：我會的事情很少啊。我甚至也不覺得我會寫字。我很怕被覺得是一個假的人。昨天不是有說嗎？經營文字，我是開

在微風廣場超市旁邊賣手工香皂的小店，不是開在一樓的古馳、香奈兒、普拉達。

孫：你什麼時候開始覺得自己是一個比別人更懂得寫字的人？

李：我從來不覺得我比別人更懂得寫字，受到的歡迎我都當之有愧。你看很多寫作者都很努力地在讀書，有系統、有架構地累積知識，建立學問，他們會硬性規定自己一天要寫多少字，這些功夫我都沒有。我甚至也沒有那麼虔誠。

孫：那我修改我的問題。你從什麼時候開始，發現耳邊有雜音，需要把雜音寫下來好脫離干擾？

李：應該是開明日報新聞台的時候吧。那個雜音已經大到逼使我想說一些什麼。當然，一開始開新聞台，還是會希望有人氣，寫了一篇什麼，希望被看見，或很多人來留言，於是整點時按下文章送出，看能不能登在首頁。但那個功課已經做完了——寫東西要被喜愛這件事。

孫：你並不是那種，很小就參加國語日報作文班，作文被貼在牆壁上，老師叫小朋友去看，所以在進入青春期之前就已經發現，你寫的字比別人更能夠得到矚目？

李：並沒有。你不要忘記，我們那時候寫作文要用毛筆。國一國二甚至我的作文會被咒罵字很醜。老師會說，這寫的是什麼鬼字啊。作文分數也都很低。就算是可以肯定自己的技藝，也並不足以肯定自己。

孫：你貼出新聞台第一篇文章時，腦中已經有對於創作這件事的想像嗎？你有一個寫作的模特兒嗎？

李：我甚至也不覺得自己是一個寫作者，因為寫作應該是要投稿到人間副刊，甚至像閣下您有在聯副刊登〈愛我就搭火車〉，或出過書等等。新聞台根本就是一個素人隨便寫點東西的園地。那只是對生活的註解或意見，因為也沒什麼筆友，既然有這樣一個機制，就去申請，把文字貼上去，並不知道會不會有人來認可。

孫：在新聞台階段，有得到什麼有趣的回應嗎？

李：沒有欸。當然會希望它可以換成點閱數啊，或有多少人來看之類的。

孫：有如你所願嗎？

李：那時候應該是不管怎樣受歡迎，都會覺得不夠。

孫：寂寞沒有被消除嗎？

李：永遠都會有比你更有人氣的網站、比你更受歡迎的寫作者，甚至你也會偷偷愛著別人，羨慕著別人。

孫：那時候你有偷偷在愛誰嗎？

李：頹廢的下午啊。

孫：還有呢？

李：偷鯨向海的賊。

孫：你那時對他們偷偷的愛，沒有得到什麼回饋？

李：那種希望被肯定跟注目的階段，其實是一、兩年就過去了。

孫：二〇〇二年開台，二〇〇四年你就不再渴望被愛了。

13 於明燈路二段靠右行駛

孫：如果你很快就沒有被愛的需求，為何持續在寫？

李：那已經是不得不，因為是工作的一部分，另外也有邀稿。

孫：你手機備忘錄裡那些只寫了開場的小說，都是不請自來，在你耳邊，魔鬼對你的說話啊。

李：看了那麼多好看的書、好看的電影，聽了那麼多很棒的音樂，總會有些心得，總是要把它記錄下來吧。

孫：所以後來寫字，跟是否得到關注，就無關了？

李：甚至是否需要發表，也沒有那麼重要了。我甚至覺得最好的東西就是你不要發表。當然也不是說，真的是一個物理上的動作：不拿出來，就丟著。它最後還是會被張揚。我所謂的發表是指，不要太汲汲營營於要出現在什麼公眾平台上，或希望有人看到，或預設得到怎樣的回饋。

孫：寫字這件事從你開新聞台到現在，執行了快二十年。我好奇，當你不再是初心者，作品的呈現，也不再只是原本那種所謂生活的速記——

李：你怎麼不好奇我那時為什麼突然出版兩本書？因為我在出版社工作，拿人家的薪水，必須有產值，但歷史書又編不來，想做一些比較有趣的事情，總要先有一個Demo，那兩本書就是編輯大於寫作，企劃先行的概念。在那之後，我回台灣，到《蘋果日報》上班，又到《壹週刊》去，最後走到另外一條路子去。

孫：你的生長路線是滿迂迴的，你在所謂新手的狀況下，產出了兩本書。這兩本書的經驗，一定會反饋到你身上吧？

李：那都是那麼快寫出來的東西，有什麼好反饋的。而且寫完就不管它了。因為寫完我的任務就完成了。至於那些回饋不關我的事情。讀過的人說愛我，我的存摺又不會有錢，我的性生活又不會比較美滿。

14經過遠傳電信台北瑞芳加盟門市後向右轉

孫：從明日報新聞台寫下對自己生活的紀錄，到文學獎得獎者完成一篇作品，這之間，是你做為一個寫作者的移動。移動過後，你寫字時，最在乎的事情是什麼？

李：就……不要寫錯字。

孫：寫錯字，絕版書也變成搶手貨，有差嗎？

李：但你不覺得，充滿錯字的書，就是一個黑心商品嗎？這樣要怎麼教小孩？

孫：過去新聞台的讀者，可能會在上頭讀到一些很爽快的部分，但也許無法在後來你得文學獎的作品得到。

李：一個人如果已經四十歲，還在寫那樣的東西，不是很可悲嗎？

孫：所以我好奇那個移動，價值觀的改變是什麼？

李：我老了，我長大了啊。

15 沿台62線和國道1號前往台北建國北路三段

孫：我覺得寫作者分兩種，一種是記者型寫作者，一種是編輯型寫作者。前者下筆很快，會給出很好的念頭、會發光的思想，但不會對字的細節過分講究，比如說一一挑出錯字，或稿子看起來很工整。我認為你屬於這種。至於編輯型寫作者，寫作速度比較慢，但字斟句酌調整細節，給出來的成品已經是用編輯眼光審查過一遍。但這不是說你沒有編輯的眼光喔。

李：成為一個寫作者前，你必須是一個讀者，對你讀書的品味是有把握的。當你是一個作者，在電腦上寫很多字，椅子上應該是坐著兩個人：一個是寫作的你，一個是做為讀者的你。至少，要能過做為讀者的你那一關吧。所以現在會寫得很慢啊。如果是寫《絲路分手旅行》，椅子上就只有一個人。

孫：那你如何讓椅子上出現另一個人？你做了什麼？

李：在體制內發表稿子，畢竟都是那麼嚴謹的單位，自由副刊、人間副刊、《壹週刊》人物組，對文字都是有挑剔、有要求的。

孫：你的養成裡，除了一開始的編輯工作，你後來當了影劇記者、旅遊記者、人物記者，這些不同的身分，也反應在你的寫作裡。所以我有點覺得，你的作品可以觸及更大眾，跟這個養成有關。比方說，影劇新聞總是有更多人注目，你的譬喻裡，常常也會援引跟影劇有關的系統，這比舉米蘭・昆德拉或波赫士當例子，更方便與更多人發生關係。但因為你長大了，除了不同單位給你的訓練跟養成，現在你也成為一個要修改別人作文（訪問稿）的人。是否可以簡單說明，你成為改作文的老師，最在乎的重點是什麼？

這種寫字（訪問稿）——你自己現在也需要寫訪問稿——跟你寫《絲路分手旅行》，或其他新作，重點又有不同。標準怎麼拿捏？

李：應該是因人而異。沒有一種尺度是適用於任何人。你給別人意見，也需要知道，對方是怎樣個性的人，這個人是否夠誠實、是否夠勇敢，你的意見是否會傷害到別人，很大部分都是在把持這些。

16 靠左繼續行駛國道1號

孫：你覺得風格是一個寫作者最重要的部分嗎？

李：當然不是啊。風格就像胡椒、九層塔、香菜，沒有人吃飯拚命把那些東西往碗裡面放，多到你看不到裡面的飯菜吧。

孫：所以你覺得主食是什麼？

李：當然是故事啊。

17分岔路口靠左繼續行駛國道1號

孫：認真一點說，有什麼是你真的可以推薦給大家，讓大家知道那是你的養分的？

李：很多啊。我常常羨慕別人。

孫：不假思索給我五個名字。簡單說原因。

李：黃崇凱，他很努力，有系統在寫作。鯨向海，你剛剛講的那些我的寫作特質，他也都有啊。吳明益，你不該跟他下跪嗎？他那麼誠懇，有企圖心，把事情執行得那麼好。張惠菁，她很聰明，很靈巧，你不覺得在這個世界上，輕比重更珍貴嗎？

孫：所以你覺得張惠菁有一種輕盈的聰明？

李：化繁為簡，深入淺出。

孫：第五個。

李：顏擇雅。她很聰明。

孫：你很佩服聰明人，會佩服到有嫉妒的心情嗎？

李：不會欸，我的心理很強壯。

孫：你很知道每個人的強項不同？

李：因為我們應該要常常羨慕別人。羨慕代表你對一個人很大的敬意，代表你有所欠缺。羨慕就是一種尊敬。

孫：沒錯。大家可能覺得你很喜歡對別人說髒話，但是，做為你的民間友人，我其實知道，你常常在私底下愛慕別人，會用很華麗的言語去說出對別人才華的欣賞與讚歎。你才是真正的包裝（紙）大師。

18 在圓山出口下交流道

孫：為什麼要著迷「世界的盡頭」？你書中說，世界的盡頭就是旅行的意義。

李：找到盡頭，就會知道邊界在哪裡。有邊界，就會有分寸。

孫：這也對我們的生活產生意義嗎？不是旅行時，也需要這個「邊界」？

李：你要有限制你才會有自由，才會有規矩。要規規矩矩做人。

孫：找到邊界，然後呢？它教了你什麼？

李：也沒什麼，只是一個爽度。就好像你到京都的廟，就是要去蓋章。你總要找點事情做，然後賦予意義，不這樣，不是滿浪費的嗎？我總是喜歡給自己設定一些只有自己知道的門檻，比方說，挑戰人生不拖搞。邊界也是吧。某幾年我很喜歡參加馬拉松。通常是十二月，去跑步，不見得要追求跑多好的名次，或是多快的時間，那過程可能會很狼狽，真的會跑到哭，但不是情緒激動，只是排汗。跑到耳朵後面都是鹽巴。但是看到那個折返點，拿到運動毛巾，或是一個獎牌，就會覺得，啊，跑完了。有做這件事，好像有那麼一瞬的錯覺，自己變成一個比較好的人。

孫：到達那個邊界，也是類似的感覺嗎？

李：就像你做極限運動，或做任何事情，總要知道要在哪裡結束吧，不然旅途是不會有結束的欸。比方說你今天愛一個人，那是一個無窮無盡的過程。

孫：所以愛情的盡頭是什麼？

李：愛情的盡頭——不就是不愛了嗎？

孫：在怎樣的時刻，會知道抵達那個邊界？

李：《絲路分手旅行》有提到電影《鍾無艷》的一段對話，鍾無艷決定放棄那段感情，丞相跟她說，有三種選擇，第一種「怒沖沖」，第二種「恨綿綿」，第三種就是「淡淡然」。她選了第三種。

孫：所以你覺得「淡淡然」是盡頭？

李：若無其事才是最好的報復。

（旅程結束，bye！）